los TiPOS MALOS

en

EL CONEJILLO CONTRAATACA

ORIGINALLY PUBLISHED IN ENGLISH AS
THE BAD GUYS IN THE FURBALL STRIKES BACK

TRANSLATED BY JUAN PABLO LOMBANA

ISBN 978-1-338-30010-9

10 9 8 7 6 5 4 3 2 1   18 19 20 21 22

PRINTED IN THE U.S.A.   23
FIRST SPANISH PRINTING 2018

¿HÉROES O VILLANOS?

UN INFORME ESPECIAL DE

TRISTINA CHISMERA

CANAL 6

1

Son los **MONSTRUOS** que acechan nuestras más horribles pesadillas...

ACTUACIÓN

¿O son OTRA cosa?

Pues bien, según ESTA gallina...

La **GRANJA DE POLLOS LA YEMA** era un lugar horrible. Siempre estábamos encerradas en jaulas diminutas. ¡Hasta que el fabuloso lobo y sus amigos nos liberaron!

BRAULIA

Pero... ¿no es cierto que uno de ellos trató de COMERTE?

Sí. Pero después me escupió.

¿ESTÁ *LOCA* ESTA GALLINA?

Y Braulia no es la única que dice que estos VILLANOS en realidad son...

¡HÉROES DISFRAZADOS!

Los 10.000 pollos que fueron liberados de La Yema han dicho lo mismo.

INFORME POLICIAL

La Yema Inc.

¿DEBERÍAN LAS SARDINAS MUTANTES ANDAR POR LA CALLE?

A mí me parecieron encantadores.
Sobre todo, la gallina gigante.
Aunque tal vez era un tiburón.
Es difícil saber.

PAT, AMA DE CASA

Me inspiraron a seguir
mis sueños. Nunca
los olvidaré.

FIONA, CHEF FAMOSA

Debemos tratar de no juzgar a los demás
por su apariencia. A veces, las criaturas
de aspecto más horrible pueden
ser las más amables.

DIANA, JUEZ DE LA CORTE SUPREMA

Entonces, ¿están **LOCAS** TODAS estas gallinas?

¿O esas

HORRIBLES CRIATURAS

de veras... tratan de hacer el bien?

¿Trabajan a favor de buenas causas?

¿O están

MERODEANDO AFUERA DE TU PUERTA, esperando

la oportunidad de
demostrarnos que
no son más que una
pandilla de...

TIPOS MALOS?

· CAPÍTULO 1 ·
SI VAS AL BOSQUE HOY...

Oye, chico, ¿podrías conducir más despacio? No me siento bien...

NO PUEDO, Sr. Piraña. ¡NO PODEMOS PERDER TIEMPO!

¡Patas! ¿Estamos llegando?

Sí, Lobo. Según mi señal satelital, en cualquier momento estaremos viendo los **BULDÓCERES**...

¡Genial!
Revisemos el plan
UNA VEZ MÁS.

Si nos dices el plan una vez más,
te voy a morder el trasero.

¡YA CONOCEMOS EL PLAN!

¡Oye! Relájate, Sr. Culebra. Esto es importante.

Veamos... Recibí una **LLAMADA ANÓNIMA** diciéndome que en **EL BOSQUE** había un montón de **BULDÓCERES** listos para destruir las casas de muchos **ANIMALITOS LINDOS Y PELUDITOS**.

Y estamos aquí para asegurarnos de que

ESO NO VAYA A PASAR.

¡YA LO SABEMOS!

Ay, hombre... No me siento NADA BIEN...

¡SR. TIBURÓN!

¿Qué?

¿Dónde está tu disfraz?

Ah, sí.
Se me olvidó.

¡¿Ves?! ¡Es por **ESO** que tengo que repetir el plan!

Sí, Sí.
Lo que digas.

¡Oye! ¿Quién es **ESE** tipo?

Cálmate. Soy yo.

Eres BUENÍSIMO disfrazándote.

Sí, lo sé.

Ahora recuerda, Tiburón: ¡eres un **ANIMAL LINDO Y PELUDITO!** Tu papel es distraer a los tipos que conducen los buldóceres mientras nosotros...

¡CONOCEMOS EL PLAN!

Ay, no. Detén el auto...

HEMOS REPASADO EL PLAN UN **MILLÓN** DE VECES Y ¡CONOCEMOS EL PLAN!

¡DETÉN EL AUTO!

¡CHIIIIIII!

¡¿Qué pasa?!

¿Adónde vas?

Tengo que hacer el "número dos".

¿Tienes que hacer *QUÉ?*

Los viajes en auto me dan
dolor de barriga.

¿Estás bromeando?
¡Los buldóceres están
AHÍ MISMO!

Empiecen sin mí.
No me tardo.

Bueno... si tienes que ir...

INCREÍBLE.

Hagámoslo de una vez.
Él nos alcanzará.

Sí, hombre.
Yo estoy listo.

Está bien.
¿Patas? Tú te quedas en el
auto VIGILANDO.

Eso haré.
Puedo ver cualquier cosa
que se mueva a 1.000
metros a la redonda.

Bien. Ha llegado
la hora de convertirnos
en HÉROES.

¿Tienes que decir
eso a CADA rato?

¡ALLÁ
VAMOS!

Eh... oigan...

Eh... mis sensores están detectando algo extraño con estos buldóceres, amigos...

Eh...

No sé, pero me parece que este buldócer está hecho de **CARTÓN** y **CINTA ADHESIVA.**

Qué raro...

¿Por qué alguien nos pediría que viniéramos hasta acá si los buldóceres no son de verdad?

¡VRuUT!

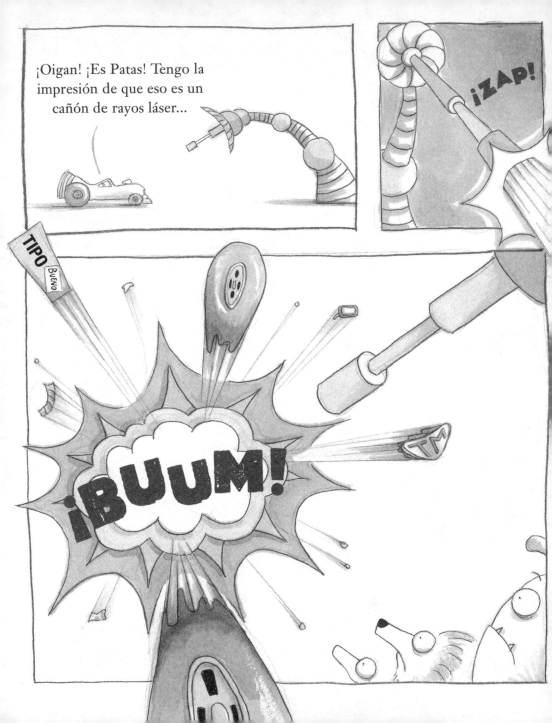

¡Mi auto!

¡PATAS!

Oigan, ¿no les parece que el suelo se siente raro?

¡¡AAARRGGHH!!

¡*Fiu!*
Yo no aconsejaría a nadie asomarse
detrás de **ESE** árbol...

Oigan...
¿Qué me perdí?

· CAPÍTULO 2 ·
la GUARIDA DEL
DR. MERMELADA

¿Qué...?

Ah, HOLA, genio.
Muy amable de tu parte acompañarnos...

¡Estamos amarrados!

¿De veras? Gracias.
¡NO LO HABÍAMOS NOTADO!

¿Pero quién nos haría esto?

¿Quién *no* nos lo haría?
Somos tipos **MALOS**, hombre.
Los tipos malos como nosotros no
tienen un final feliz.

¡NO!

¡Tiene que ser
un error!

¡SOMOS
HÉROES!

¡JE JE JE JE!

¡¡AARRGGHHH!!!

Ay, lo siento, "héroes".
Acaso...

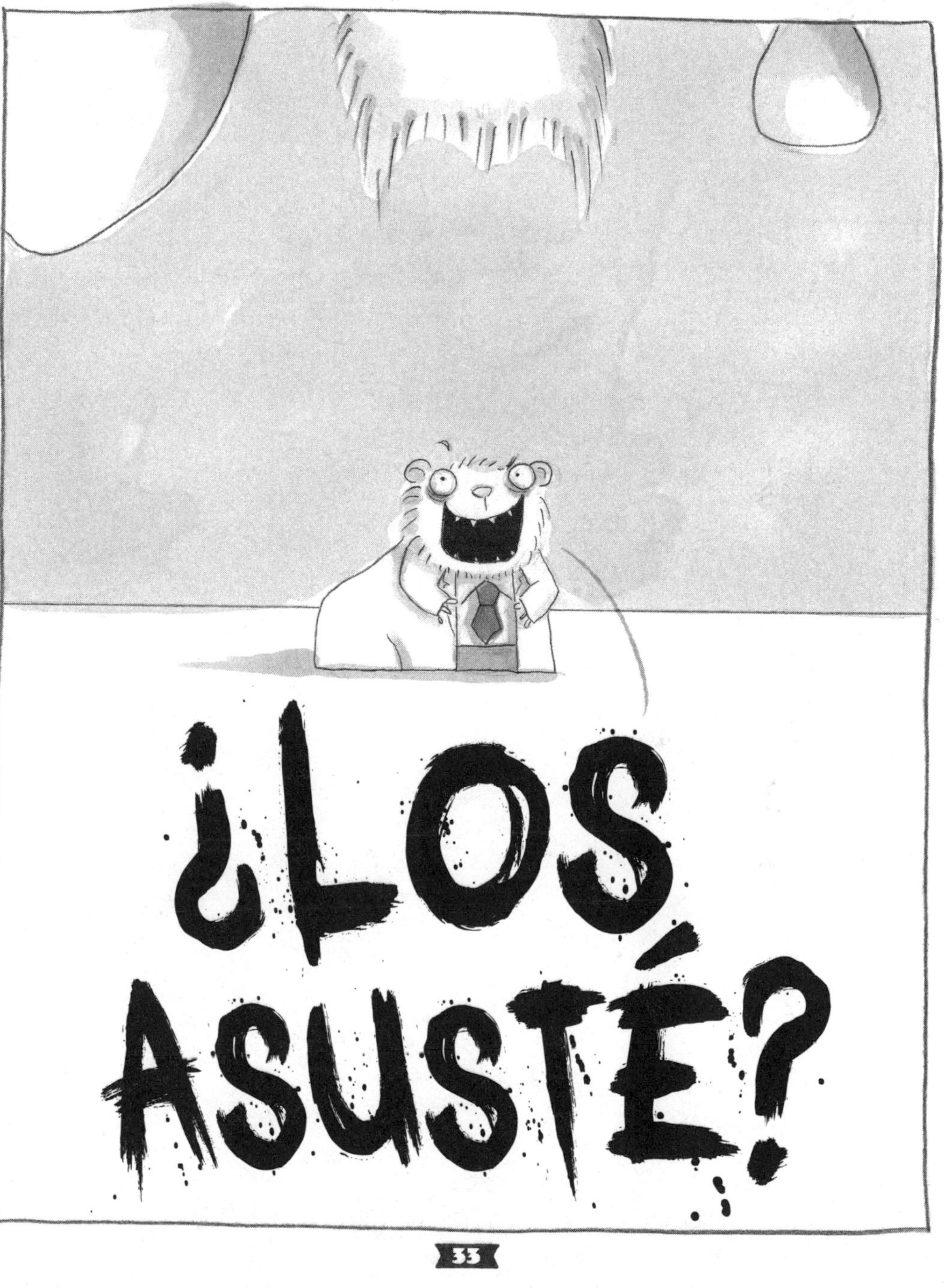
¿LOS ASUSTÉ?

¡Espera un segundo! ¡Yo te conozco!

Eres ese lindo conejillo de Indias
de la casa vecina a La Yema.
¡Tú eres MERMELADA!

¡Para ti, soy el **DOCTOR** Mermelada!

Discúlpenme.
Permítanme presentarme...

¡Soy el

DOCTOR RUPERTO MERMELADA!

¡Bienvenidos a mi

HOGAR!

¡Oye! ¡Yo he oído hablar de ti! Eres el

CIENTÍFICO BILLONARIO LOCO.

¿Científico billonario loco? ¡Es un
CONEJILLO DE INDIAS!

¿Y qué? ¿Crees que porque soy
un conejillo de Indias

NO PUEDO SER UN CIENTÍFICO BILLONARIO LOCO?

Bueno, no... Supongo que podrías serlo...

¡Sí, es verdad! Y destruiste mi increíble auto. ¿Por qué harías algo así de **LOCO?**

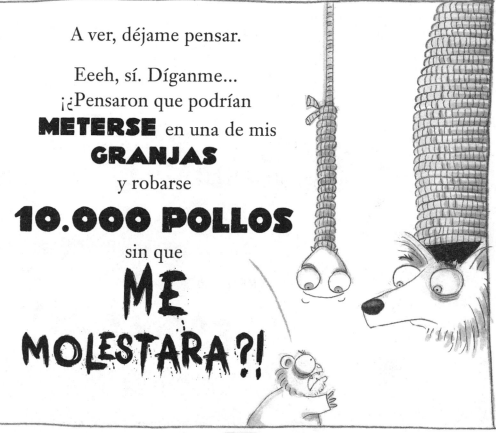

A ver, déjame pensar.

Eeeh, sí. Díganme...
¡¿Pensaron que podrían **METERSE** en una de mis **GRANJAS** y robarse **10.000 POLLOS** sin que **ME MOLESTARA?!**

Un momento. ¿Nos estás diciendo que tú explotaste el auto y nos colgaste bocabajo **SOLO** porque rescatamos a esos pollos?

¡POR FIN!
Sí, así es.

¿Pero *no* estás enojado por todas las cosas **MALAS** que hemos hecho en nuestras vidas?

No.

Eso quiere decir...

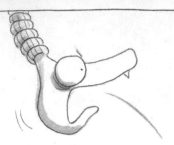

¡LA ÚNICA RAZÓN POR LA QUE ESTAMOS EN ESTE LÍO ES POR TU ESTÚPIDA OBSESIÓN DE **SER UN HÉROE!**

¿Qué? ¿Ahora es **MI** culpa?

¡POR SUPUESTO QUE SÍ! ¡LA ÚNICA RAZÓN POR LA QUE ESTE CONEJILLO DE INDIAS **DESQUICIADO** NOS HA AMARRADO ES PORQUE NOS OBLIGAS A **HACER EL BIEN!**

¿De veras quieres pelear sobre eso AHORA?

¡CLARO QUE SÍ!

¡ESA RIDÍCULA IDEA DE SER HÉROES SOLO NOS HA TRAÍDO PROBLEMAS Y YA ME **HARTÉ!**

¡Oigan!

¡¿QUÉ?!

¡Solo los va a **DESTRUIR** y a ayudarme a **APODERARME DEL MUNDO ENTERO!** ¡JE JE JE JE JE!

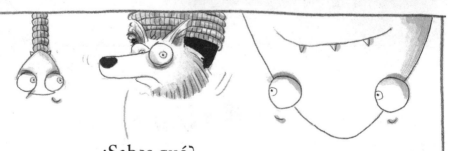

¿Sabes qué?
Creo que este conejillo de Indias me cae mal.

· CAPÍTULO 3 ·
¿VES LO QUE YO VEO?

¡Shhh!

¡Ay, caramba!
¿Qué te pasó?

Salté del auto un milisegundo antes de que **UN CAÑÓN LÁSER LO VOLARA EN PEDAZOS** y luego vi como **LA TIERRA SE TRAGÓ** al resto de la pandilla.

Qué bien.

¡¿QUÉ?!

Era una **TRAMPA**, Sr. Piraña.
Los buldóceres no eran de verdad.
¡Creo que alguien nos engañó y
creo que Lobo y los otros fueron

CAPTURADOS!

¡Mis chicos!
¡¿Dónde podrán estar?!

Mira hacia allá...

¡¿La Yema?!
¿Pero qué hace una granja de
pollos en medio del bosque?

¡Exacto!
Huele raro, ¿no crees?

¡Oye! Ese es mi olor natural.
Y sí, lo creo.

Eh... BUENO. Pues...
Debemos entrar a ese
edificio. Tengo un plan...

¡Quiquiriquí!

¿Eh?

Mmm. Qué raro.

Dame un besito.

¡CATAPLUM!

Vaya. Se desmayó. Tú asustas a cualquiera, ¿no?

Sí. Siempre ha sido así...

y siempre... lo será...

¡Oye!

¿Qué?

Creo que... acabo de ver a...

¡un **NINJA!**

Mmm. Tal vez te golpeaste
la cabecita cuando saltaste después
de la explosión, hermano. Si ves más
"ninjas", tendré que llevarte al hospital,
¿ENTENDIDO?

No sé qué vamos a encontrar
aquí, chico. Pero te aseguro
una cosa...

• CAPÍTULO 4 •
la MENTE DE UN MONSTRUO

Bueno, ahora que me están prestando atención, les voy a hacer un cuento.

Había una vez un conejillo de Indias
pequeñito que se

CANSÓ

de que todos hablaran de lo
LINDO y **PELUDITO** que era.

Así que decidió hacer algo al respecto...

En primer lugar, amasó millones de dólares encerrando pollos en jaulas, pero eso no le bastó.

Entonces, creó un **ARMA SECRETA** para asegurarse de que **NADIE VOLVIERA** a decir que era **LINDO** y y **PELUDITO**. Un arma **TAN PODEROSA** que podría cambiar el mundo para siempre con solo presionar un botón...

¡ESTE BOTÓN!

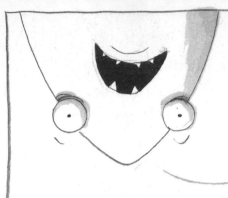

¿Pero, cuál es el problema con ser lindo y peludito? *¡A mí* me gustaría ser lindo y peludito! Todo el mundo **AMA** a los conejillos de Indias.

No quiero *amor*, pez ridículo.

QUIERO PODER.

¡Y, ahora que lo tengo, no hay **NADA** que ustedes puedan hacer para quitármelo!

¡JEJE JEJEJE!

Eeeeh... perdón.
¿Nos podrías permitir
un segundo?

¿Qué?
Eh... está bien.
Pero no se demoren.

Bueno, ese conejillo de Indias está
desquiciado. ¿Qué hacemos?

Dínoslo tú, cabezón.
¿Qué otra brillante idea tienes?

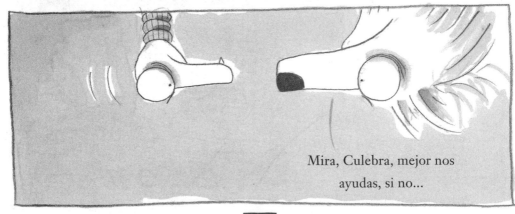

Mira, Culebra, mejor nos
ayudas, si no...

¿SI NO, QUÉ?

Oigan, paren ya.

SI NO, **TE ARREPENTIRÁS, ¡GUSANO ASQUEROSO SOBREALIMENTADO!**

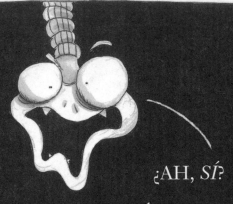

¿AH, *SÍ*?

¿Y QUÉ VAS A HACER?

¡¿ABURRIRME A MUERTE
CON OTRO PLAN IDIOTA PARA
CONVERTIRNOS EN UNOS
BUENOS PARA NADA?!

¡TE LO
ADVIERTO
POR
ÚLTIMA
VEZ,
CULEBRA!

Ustedes dos tienen que dejar de discutir. Me están sacando de QUICIO...

¿Advertirme qué? Atrévete, pocacosa, **¡APRENDIZ DE HÉROE!**

¡TE LO GANASTE!

NO LO HAGAS, LOBO.

¡MUY TARDE!

¡TE LO ADVERTÍ, LOBO!

¡ÑAM!

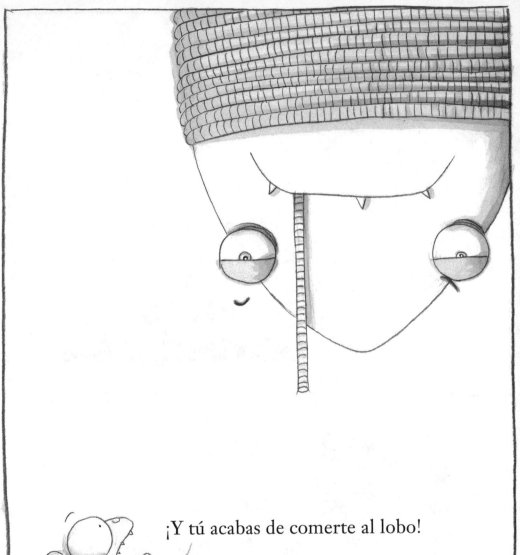

¡Y tú acabas de comerte al lobo!

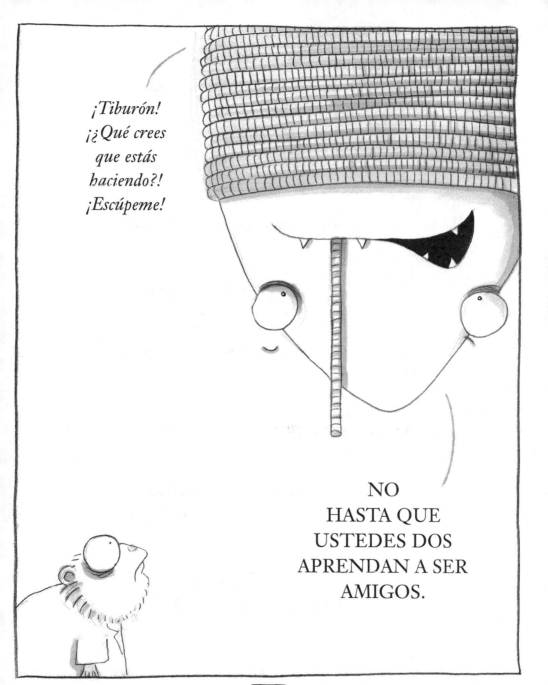

¡Te lo advierto, Lobo! ¡Sácame!

Ni lo pienses, Baboso.
¡Tiburón! ¡NO te lo voy a pedir de nuevo!

¡Espera un segundo! ¡¿Estás dentro del tiburón?!

¿Qué te importa?

¡Pero eso quiere decir que estoy dentro de un lobo Y un tiburón!

¡Quéjate con alguien a quien le interese!

Esto es como estar viviendo una
horrible pesadilla y ¡NO ME GUSTA!

Gran cosa.
Tiburón, voy a contar hasta diez...

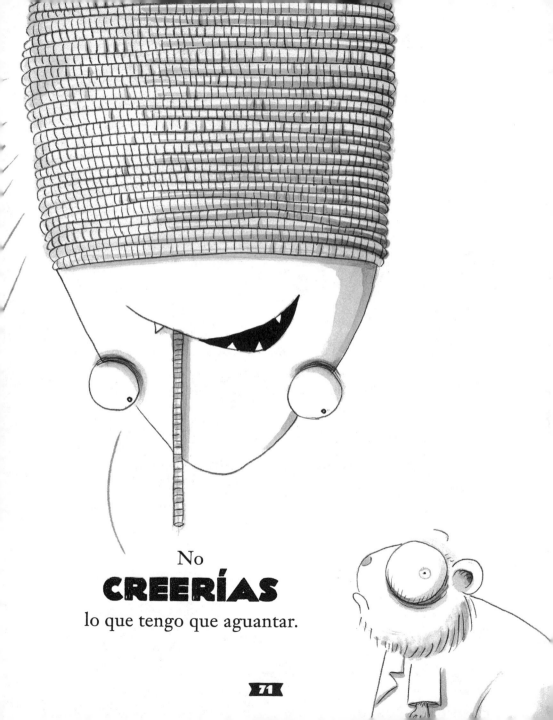

No
CREERÍAS
lo que tengo que aguantar.

CAPÍTULO 5

VAYA SORPRESA

¡Ay, hermano! ¡Hay guardias por todas partes! ¿Cómo vamos a encontrarlos?

¡Oye, mira!
¡Allá abajo!

¡Es Tiburón!

¡NADIE AMARRA A MIS CHICOS ASÍ SIN SUFRIR LAS CONSECUENCIAS! ¡CORTEMOS ESA SOGA **AHORA MISMO!**

¡MUERDE!

¡MUERDE!

¡MUERDE!

¿Sr. Piraña?

Dímelo. ¿Qué pasa?

¡MUERDE!

¡MUERDE!

Sé que te parecerá una locura... pero de veras creo que vi un ninja.

Ay, hermano. Seguro te diste un golpe en la cabeza. Los ninjas no existen. Solo en los cuentos de hadas, como *Blancanieves y los siete samuráis*.

Bueno, estoy bastante seguro de que eso no es verdad...

¡QUIETO!

¡Ay, no!

¡Lo siento, **TIBURÓN!**

¡Nos atraparon!

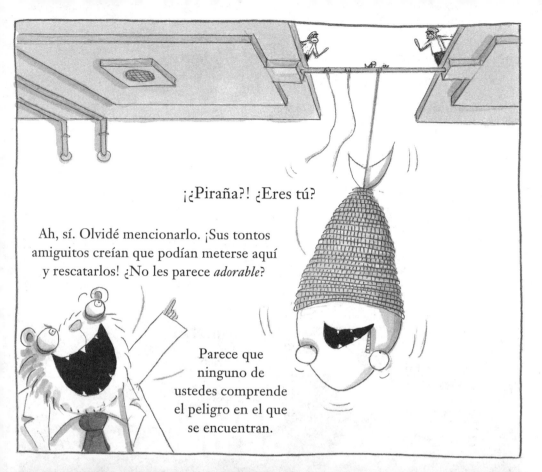

¡¿Piraña?! ¿Eres tú?

Ah, sí. Olvidé mencionarlo. ¡Sus tontos amiguitos creían que podían meterse aquí y rescatarlos! ¿No les parece *adorable*?

Parece que ninguno de ustedes comprende el peligro en el que se encuentran.

No importa. Ahora solo queda…

¡DAR INICIO AL FIN DEL MUNDO TAL Y COMO LO CONOCEMOS!

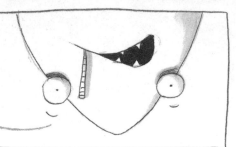

Disculpa que te lo diga, pero creo que eres un conejillo de Indias muy problemático.

No tienes NI idea de cuánto.

¡QUE EMPIECE ESTA FIESTA DE UNA VEZ!

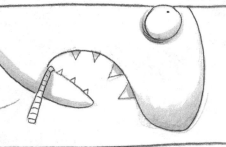

¡PIRAÑA! ¡CORRE!

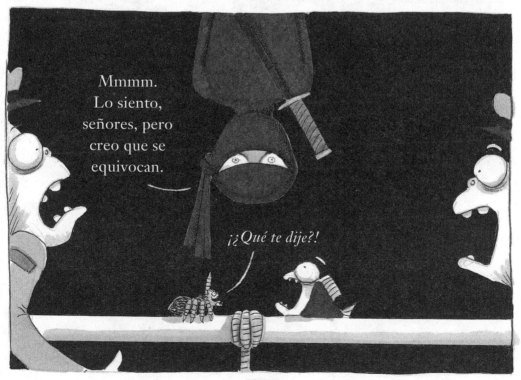

NO SE MUEVAN.

¡CORTA!

¡Cortó la soga!

¡PLAF!

Bueno, ¿puede alguien decirme qué está pasando aquí?

Sin duda, Sr. Lobo...

¿Qué les gustaría saber?

· CAPÍTULO 6 ·
la AGENTE SECRETA

Me temo que se encuentran en una situación muy peligrosa.

El Dr. Ruperto Mermelada es uno de los villanos **MÁS DESPRECIABLES** que hay sobre la faz de la Tierra. Lo hemos estado persiguiendo desde hace muchos años, tratando de atraparlo con las manos en la masa.

Parece que, por fin, lo logramos.

¿Qué? ¿Quiénes son *ustedes*?

Soy una agente de la

LIGA INTERNACIONAL DE HÉROES.

Somos una organización secreta dedicada a proteger el planeta contra el mal.

Eso es lo que hacemos.

¡Oye! Eso es más o menos lo mismo que hacemos *nosotros*, ¿no, Lobo?

¿Lobo?

¿Qué le pasa?

Qué maravilla...
Tan linda...
uuuuuu...
muuuungggg...

No sé qué está pasando...

Olvídalo.

Nosotros somos...
El Club de los Tipos Buenos,
Agente Zorra...
a tu servicio...
je je je...
eh... sí...
guuuu...

¿El Club de los
Tipos Buenos? ¿Así
se hacen llamar?

Sí. Pasamos TODA UNA
NOCHE buscando el NOMBRE
MÁS ESTÚPIDO en la
HISTORIA de los NOMBRES
ESTÚPIDOS y...
¡BAM! Ahí lo tienes.

No, no estoy de acuerdo.
Crco que es lindo.

Pero me temo que
están metidos en un
grave problema.

Su aventura en la granja de pollos hizo que el Dr. Mermelada se

OBSESIONARA

con ustedes. Pero no se preocupen. Pronto lo tendremos bien encerrado, ¿no es cierto, Merme...

Ay, no.

¿Alguien ha visto a dónde se fue el supervillano?

Aquí estoy, Agente Zorra.

Ay. Qué pena.

¡Y DE VERAS espero que disfruten del **FIN DEL MUNDO!**

¡Je je!

¡CLUNC!

¡MI **ARMA SECRETA** HA SIDO ACTIVADA Y **ESTÁ EN CAMINO!** ¿ADIVINAN QUÉ ES?

¡JEJE JE!

Ah, y para que todo sea un poco más interesante...

ESTE EDIFICIO SE AUTODESTRUIRÁ EN 90 SEGUNDOS... ¡89! ¡88! ¡87! ¡86!

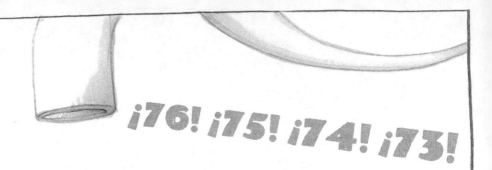

¡76! ¡75! ¡74! ¡73!

Mmm. El viejo truco de desaparecer por un tubo. Qué decepción.

Bueno, el edificio está por estallar y nos quedan unos segundos de vida. ¿Se les ocurre alguna idea, señores?

· CAPÍTULO 7 ·
CÓMO CONDUCIR UNA MOTO

¡AJÁ!
¡Qué buena suerte!
¡Motocicletas!

¡60! ¡59!
¡58! ¡57!

Súbanse todos y los sacaré de aquí.

¡Todos no cabemos en una motocicleta!

Mmm. Tal vez tengas razón. ¿Será que alguno de ustedes puede conducir otra...?

¡Sí!

¿Puedes?

Claaaro.

¿De veras?

Nnnnn... *ssssí.*

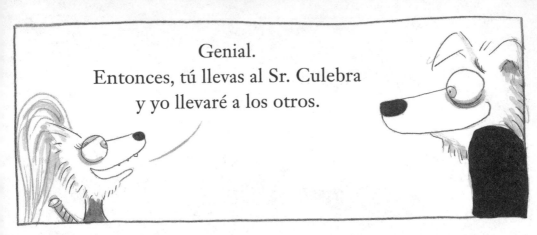

Genial.
Entonces, tú llevas al Sr. Culebra
y yo llevaré a los otros.

Buena suerte,
Sr. Lobo.

¡MUA!

¡32! ¡31!

¡30! ¡29!

¡Nos veremos afuera, señores!

¡BRR! ¡BRR!

¡Adióóóós!

No tenía idea de que supieras conducir una motocicleta.

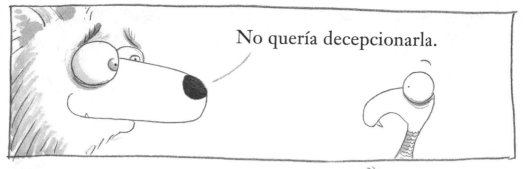

No quería decepcionarla.

¿Sabes qué?

¿Qué?

¡Nuestra...

NATURALEZA ESTÁ EN LA ACCIÓN!

Vaya. Tienes un estilo muy particular, Sr. Lobo. Impresionante.

Pero creo que las cosas van a ser un poco más difíciles de lo que pensábamos.

Ah, ¿sí? ¿Por qué?

¡CAÑÓN
LÁSER!

Vaya. Qué valiente es,
¿no es cierto?

Bueno, sí. En mi país,
tenemos un nombre
para la gente así...

Les decimos "idiotas".

¡TE ODIO, LOBO!

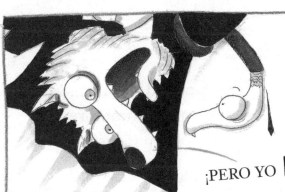

¡PERO YO **NO** TE ODIO, CULEBRA!

Y, PASE LO QUE PASE, **NO VOY A DARME POR VENCIDO CONTIGO.**

SIENTO HABERTE **COMIDO** HACE UN RATO, PERO **NO** SIENTO HABERTE METIDO EN ESTE LÍO.

ESTO ES LO QUE HACEN LOS HÉROES.

Y DE VERAS CREO QUE **DENTRO DE TI HAY UN HÉROE**, SR. CULEBRA.

Y NUNCA VOY A DEJAR DE CREER ESO. **NUNCA**.

Estás loco. Y todos vamos
a morir por tu culpa.

¡QUIZÁS!

¡PERO NO VA A SER HOY!

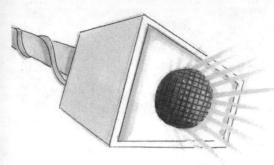

ESTE EDIFICIO SE AUTODESTRUIRÁ EN 10 SEGUNDOS... ¡9! ¡8! ¡7! ¡6! ¡5!

¡4!

¡3!

¡2!

¡1!

· CAPÍTULO 8 ·
UN FAVORCITO

¿Qué pasó? ¿Volamos en pedazos? ¿Estamos en... el cielo?

Imposible. *Tú* estás aquí.

¡JE JE JE JE!

¡Los engañé!
¡NO era verdad que el
edificio iba a estallar!

¡¿Estás bromeando?!
¡Casi me hago popis en
los pantalones!

¡¿De nuevo?!
Tienes que ir a ver a
un doctor, hombre.

¿DE VERAS
CREYERON QUE
YO DESTRUIRÍA MI
ARMA
SECRETA?

Ya me cansé de esto.
¿QUÉ arma secreta?
¡Apuesto a que
es otro truco!

Mmmm.
Bueno, solo espera unos minutos,
Sr. Lobo, ¡y verás lo que sale
por ese túnel!

TÚ me crees, ¿no es cierto, Agente Zorra?

Desafortunadamente, te creo.

¿Qué has hecho esta vez, Mermelada?

Ya verás.
Bueno, buena suerte a todos.
La van a necesitar.

Qué mal me cae ese conejillo de Indias.

A mí también, Sr. Lobo.
Y por eso debo pedirte
un favor.

¡Lo que sea!

Necesito perseguir a
Mermelada
YA MISMO.
Pero alguien debe
quedarse aquí y
enfrentar al
**ARMA
SECRETA**.

De un momento a otro, algo **ATERRADOR** saldrá de ese túnel y necesito héroes que lo detengan.

¿Serán **USTEDES** mis héroes?

 ¿Me ayudarán a

SALVAR EL MUNDO?

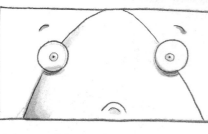 Eh... no estoy muy seguro...

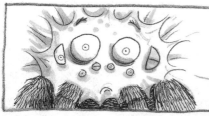 Yo tengo una cita en la peluquería...

 Me encantaría, señorita, pero temo que debo encontrar unos pantalones limpios...

 Querida, estás chiflada...

¡POR SUPUESTO QUE LO HAREMOS!

Gracias, Sr. Lobo. Cuento con ustedes, chicos.

Todos contamos con ustedes.

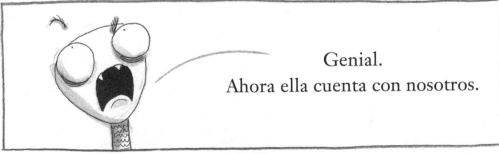

Genial.
Ahora ella cuenta con nosotros.

¡Bueno, tengo que ir a atrapar a un villano!

¡Mira, tiene
**BOTAS
COHETES!**

Sí, ser una heroína tiene sus ventajas, Sr. Lobo.

Ah, ¿Sr. Culebra?

¿Sí?

Sé lo que hiciste en la granja. **TÚ** eres la razón por la que esos pollos están libres. YA eres un héroe.

Solo tienes que empezar a *creértelo*.

¡Buena suerte, chicos!

¡ZUUUUM!

· CAPÍTULO 9 ·
NO MÁS LINDO
Y PELUDITO

¿Oyeron eso?

Sí. Algo se mueve
allá adentro...

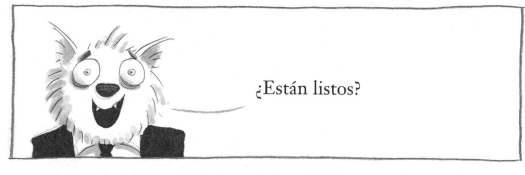

¿Están listos?

NO.

Está bien. Yo tampoco creo estar listo. Pero no importa, ¿verdad? Este es un trabajo que tenemos que hacer. Debemos proteger al mundo.

Depende de nosotros:
EL CLUB DE LOS TIPOS BUENOS.

Oye, hombre, ahora que sabemos que existe la **LIGA INTERNACIONAL DE HÉROES**, nuestro nombre suena tan soso que me dan ganas de tener manos, solo para darte una **CACHETADA**.

¿En serio?
¿No te gusta el nombre?

APESTA.

Ah... pues...
ESTAMOS ayudando
a la fantástica Liga
de Héroes...

Y eso nos hace fantásticos, ¿no?

Más o menos.

Pues bien, Más o Menos Buena Liga de Tipos Buenos, ¡demostrémosle a esta ARMA SECRETA de qué estamos hechos!

¡Oigan! ¡JAJAJAJA!
¡Relájense!
¡MIREN!
¡PARECE QUE ES OTRO
TRUCO!
SON UN MONTÓN DE...

¡GATITOS!

¡MIAU! ¡MIAU! ¡MIAU! ¡MIAU!

¡Vaya!
¡Qué **ALIVIO!**

No, no, no...
esperen un segundo...
Esos gatitos **SE VEN UN POCO RAROS**.
¿Por qué están **COJEANDO?**
¿Y **GIMIENDO?**
¿Y... **BABEANDO?**

¡NO!
¡NO PUEDE SER!
¡PERO SÍ!
ES...
UN EJÉRCITO DE...

SOBRE EL AUTOR

AARON BLABEY solía ser un actor espantoso. Luego escribió comerciales de televisión insoportables. Luego enseñó arte a gente que era mucho mejor que él. LUEGO decidió escribir libros y adivina qué pasó. Sus libros ganaron muchos tipos de premios, muchos se convirtieron en *bestsellers* y él cayó de rodillas y gritó: "¡Ser escritor es increíble! ¡Creo que me voy a dedicar a esto!". Aaron vive en una montaña australiana con su esposa, sus tres hijos y una piscina llena de enormes tiburones blancos. Bueno, no, eso es mentira. Solo tiene dos hijos.